Escalones

Animales de la selva tropical

TWO CAN™

PRINCETON ■ LONDON

Publicado en Estados Unidos y Canadá por
Two-Can Publishing LLC
234 Nassau Street
Princeton, NJ 08542

© 2002 Two-Can Publishing

Para más información sobre libros y multimedia Two-Can,
llame al teléfono 1-609-921-6700, fax 1-609-921-3349
o consulte nuestro sitio Web http://www.two-canpublishing.com

Texto: Angela Wilkes
Cuento de: Belinda Webster
Consultora: Dra. Sandra Knapp, del Museo de Historia Natural, Londres
Ilustraciones principales: Steve Holmes
Ilustraciones por computadora: Jon Stuart
Editoras: Sarah Levete y Julia Hillyard
Diseñadoras: Lisa Nutt y Alex Frampton
Directora editorial: Deborah Kespert
Directora de arte: Belinda Webster
Administrador de Producción: Adam Wilde
Recolección de fotografías: Jenny West y Liz Eddison
Directora de Producción: Lorraine Estelle
Versión en español: Susana Pasternac

'Two-Can' es una marca registrada de Two-Can Publishing.
Two-Can Publishing es una división de Zenith Entertainment plc,
43-45 Dorset Street, London W1U 7NA

HC ISBN 1-58728-406-5
SC ISBN 1-58728-409-X

1 2 3 4 5 6 7 8 9 10 04 03 02

Créditos de fotos: p4: Planet Earth Pictures; p6: Bruce Coleman Ltd; p7: Oxford Scientific Films;
p8: Tony Stone Images; p9: Bruce Coleman Ltd; p11: Planet Earth Pictures; p14: Oxford Scientific Films;
p15: Bruce Coleman Ltd; p16: Oxford Scientific Films; p17: Bruce Coleman Ltd; p18: Oxford Scientific Films;
p21: Bruce Coleman Ltd; p22: Oxford Scientific Films.

Impreso en Hong Kong por Wing King Tong

¿Qué hay adentro?

Este libro te explicará cosas sobre un sinnúmero de animales apasionantes que viven en las cálidas y húmedas selvas tropicales de Sudamérica. Algunos de ellos se balancean o vuelan entre los árboles, otros se desplazan a ras del suelo.

Monos

Los monos viven en grupos en los árboles. Son acróbatas extraordinarios que se lanzan de rama en rama y se balancean de las lianas colgantes. Cuando juegan, los monos chillan y gritan ruidosamente. ¡Qué escándalo hacen!

El mono se sostiene de las ramas con sus fuertes **brazos**.

Los monos **charlan** y se pelean entre ellos. También hacen muecas.

El Tití leoncito tiene un pelaje muy espeso de color dorado. El pelo que rodea su cara es tan abundante que oculta sus orejas.

¿Sabías que...?

El mono aullador es el más ruidoso de los animales de la selva tropical. Se pueden oír sus gritos ensordecedores a kilómetros de distancia.

Para sostenerse, un mono enrolla su larga **cola** en una rama.

Sus buenos **ojos** ayudan al mono a detectar el peligro y mantenerse a salvo.

Como tú, los monos tienen **pulgares** que les sirven para agarrar cosas.

Perezosos

El perezoso pasa la mayor parte de su vida profundamente dormido, colgado boca abajo. Cuando esta criatura de extraña apariencia se despierta, se arrastra lentamente por las ramas en busca de hojas para comer. Una vez por semana baja al suelo.

Un perezoso se suspende con sus tres **dedos** de una rama para no caer.

Un perezoso se arrastra por el suelo de la selva. Le lleva media hora avanzar lo que a ti te llevaría un minuto.

Un **pelo** áspero le crece por todo el cuerpo. Gracias a eso, la lluvia se escurre con facilidad.

La **cría del perezoso** se sujeta a la barriga de su madre, donde está cómodo y seguro.

¡El perezoso casi nunca se lava! Un **musgo** verde le crece en el pelo.

Un perezoso puede dormir hasta 18 horas por día. No necesita comer mucho porque casi nunca está despierto.

Murciélagos

Cuando cae la noche, los murciélagos se despiertan. Estiran sus alas y abandonan sus lugares de descanso del día, en árboles y cuevas. Gracias a una vista y un oído muy buenos los murciélagos pueden moverse en la oscuridad.

Los murciélagos duermen boca abajo. Cierran sus alas sobre su cuerpo para mantenerse calentitos.

Las **alas** del murciélago son sus manos. Las alas están cubiertas con una piel elástica muy fina.

El murciélago tiene un **cuerpo peludo**. Es el único animal con pelaje que puede volar.

Las largas **orejas** de este murciélago escuchan sonidos que tú no puedes oír.

Estas crías de murciélago descansan apretaditas en una hoja de palma. Se quedarán allí hasta que puedan volar.

Con su gran **nariz** olfatea frutas maduras y deliciosos insectos para comer.

Unos **dientes** filosos le ayudan a masticar frutas.

# Pájaros de colores

Muy alto entre los árboles frondosos, pájaros de colorido plumaje cantan y graznan. Suben y bajan por los árboles buscando bayas y nueces. Hasta podrías ver un guacamayo, uno de los pájaros más grandes de la selva tropical, masticando algo muy sabroso.

¿Sabías que...?

 Los colibríes son los pájaros más pequeños del mundo. Una de las especies es tan pequeña que se podría parar en la punta de un lápiz.

Los colores de su **plumaje** ayudan a los guacamayos a verse entre las hojas.

Las **plumas** del guacamayo son como un impermeable. Lo protegen de la lluvia.

Es fácil volar entre los árboles con esas **alas** poderosas.

El **pico** fuerte y curvo es perfecto para romper las duras nueces.

Con sus uñas afiladas y curvas llamadas **garras** se sostiene sobre las ramas o toma una nuez.

El pico gigante del tucán parece pesado, pero está hueco y es ligero. Está hecho de la misma materia que tus uñas.

En los árboles

Los árboles están llenos de animales ruidosos que juegan y buscan alimento. ¡Mira cómo saltan, suben y vuelan!

¿Cuántos colibríes pequeñitos están volando por las flores?

¿Qué animal junta musgo verde en su áspero pelaje?

¿Qué grupo de animales duerme colgado boca abajo?

Palabras que ya sabes

He aquí algunas palabras que ya has visto en este libro. Léelas en voz alta y luego trata de encontrar las cosas en el dibujo.

pico   **garras**   **pulgares**
alas   **cola**   **plumas**

¿Qué está haciendo el guacamayo con su afilado pico?

Ranas

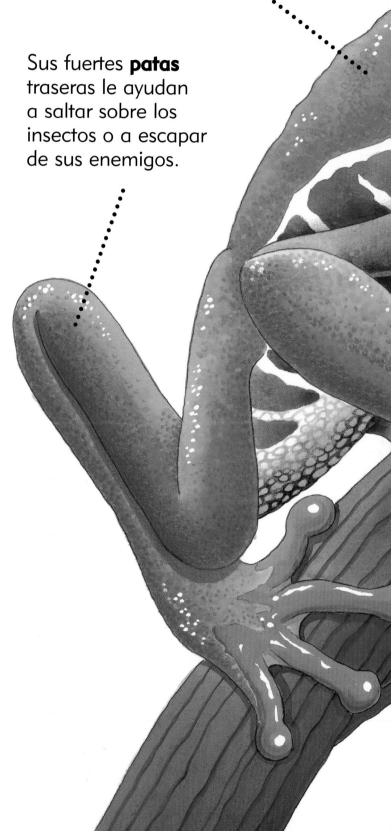

Una gran variedad de ranas de vivos colores salta por el suelo de la calurosa selva tropical. Las ranas se zambullen en los ríos y hacen sus casas en los charcos de la lluvia. La ranita arborícola del dibujo es una experta en subir a los árboles.

Las ranas respiran por la nariz y también por su **piel babosa**.

Sus fuertes **patas** traseras le ayudan a saltar sobre los insectos o a escapar de sus enemigos.

Dos sapitos mineros sobre una hoja. Los diseños brillantes advierten a sus hambrientos enemigos que son muy venenosos.

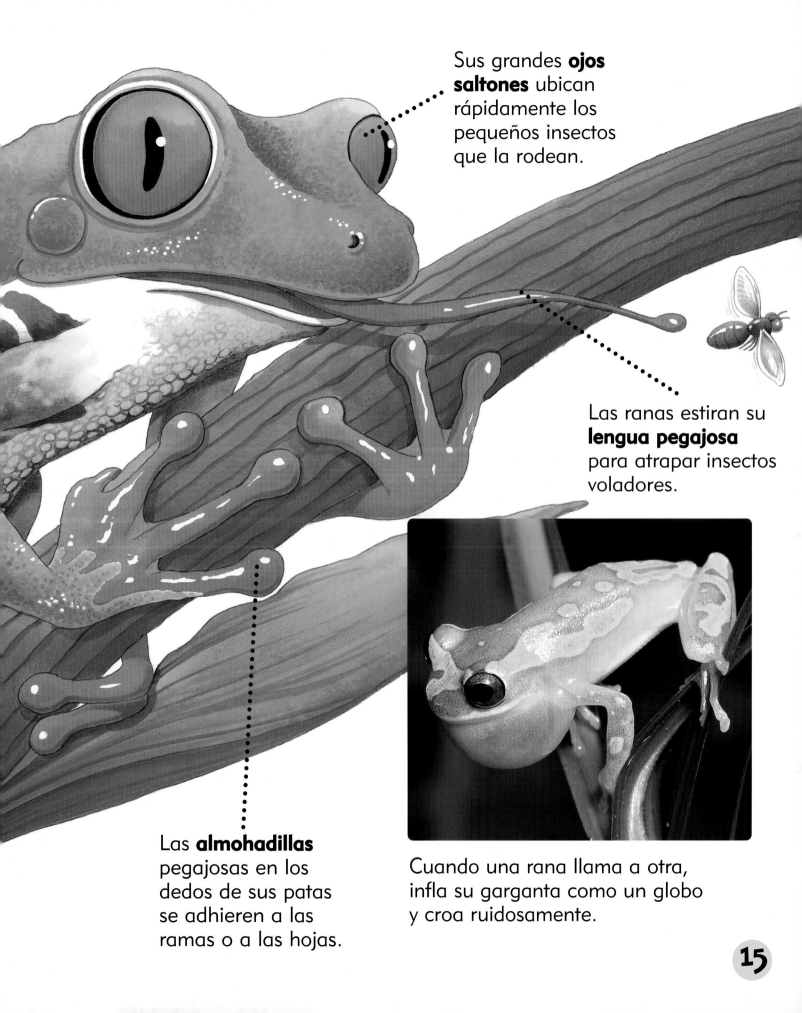

Sus grandes **ojos saltones** ubican rápidamente los pequeños insectos que la rodean.

Las ranas estiran su **lengua pegajosa** para atrapar insectos voladores.

Las **almohadillas** pegajosas en los dedos de sus patas se adhieren a las ramas o a las hojas.

Cuando una rana llama a otra, infla su garganta como un globo y croa ruidosamente.

15

Jaguares

El jaguar es el felino más grande y poderoso de la selva tropical. Puede subir a los árboles y nadar detrás de los cocodrilos. Durante la noche, el jaguar recorre la selva solo y se agazapa para cazar animales. Durante el día, descansa en un árbol o sobre la hierba.

El jaguar es un gran cazador. Cuando tiene hambre acecha a un animal y se abalanza sobre él para que no escape.

Unos largos **bigotes** ayudan al jaguar a encontrar su camino por la espesura.

Para un **cachorro**, jugar es una forma divertida de aprender a cazar y a pelear.

El jaguar tiene muy buena **vista**. Puede ver en la oscuridad.

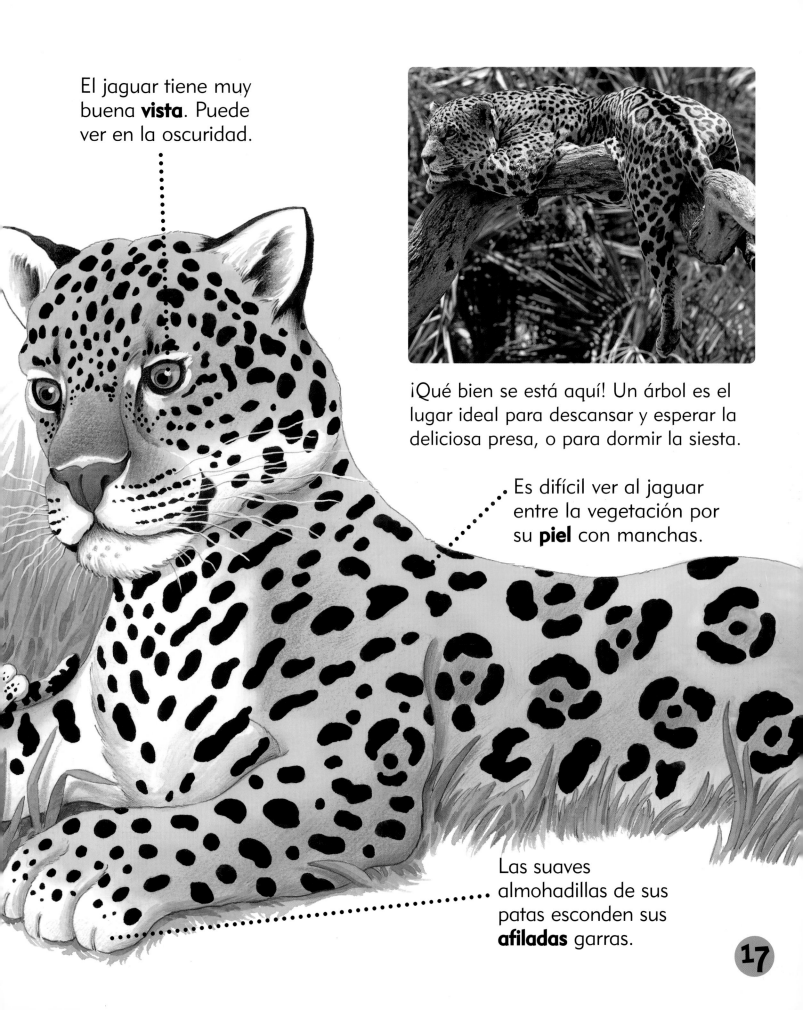

¡Qué bien se está aquí! Un árbol es el lugar ideal para descansar y esperar la deliciosa presa, o para dormir la siesta.

Es difícil ver al jaguar entre la vegetación por su **piel** con manchas.

Las suaves almohadillas de sus patas esconden sus **afiladas** garras.

Serpientes

Las serpientes se deslizan por el suelo de la selva y suben a los árboles. La boa esmeralda del dibujo central se cuelga de una rama, lista a lanzarse sobre una sabrosa rana para su merienda. ¡Después de una comida abundante, puede no comer por un año!

La serpiente **enrosca** su cuerpo en una rama para quedarse quieta.

Esta culebra está por atacar. Se lanzará sobre el enemigo y le clavará sus colmillos.

Al avanzar, las **escamas** le ayudan a agarrarse de las ramas resbalosas.

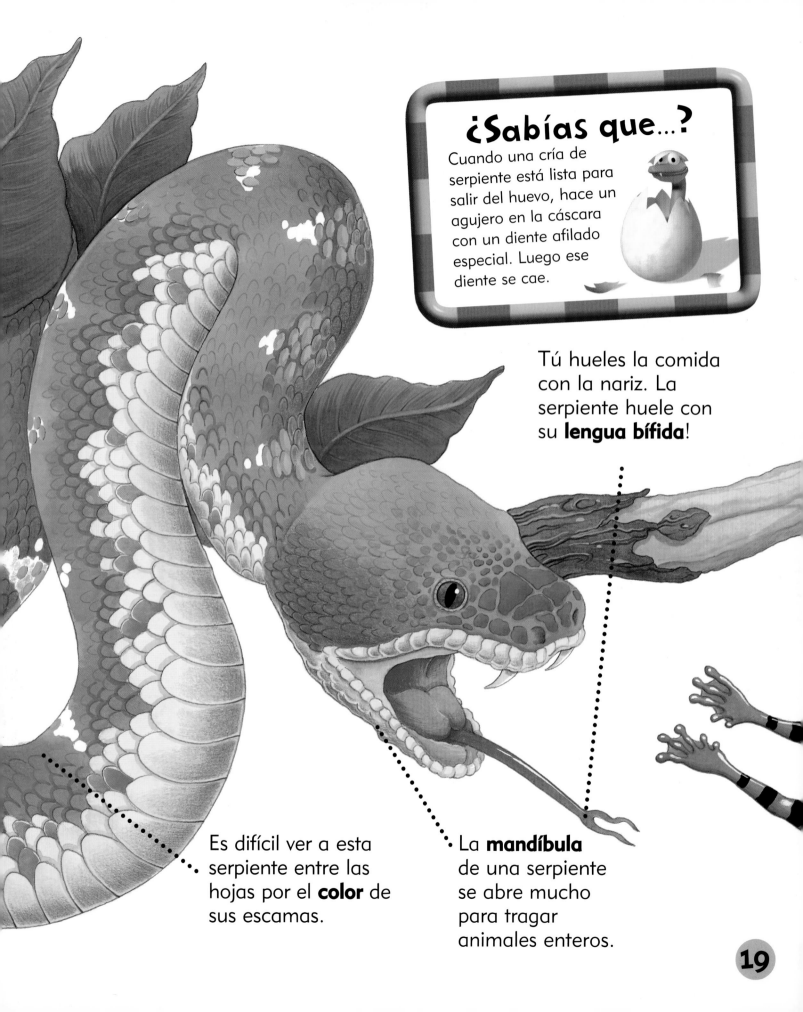

Tú hueles la comida con la nariz. La serpiente huele con su **lengua bífida**!

Es difícil ver a esta serpiente entre las hojas por el **color** de sus escamas.

La **mandíbula** de una serpiente se abre mucho para tragar animales enteros.

19

# Cocodrilos

El cocodrilo pasa el día recostado tranquilo bajo los rayos del sol. Por la noche flota en silencio en las aguas frescas del río esperando su presa. Sólo se ven sus ojos por encima del agua.

¿Sabías que...?

La cría de un cocodrilo nace en tierra. Su madre la levanta suavemente con la boca y lo lleva a la orilla del río.

Cuando el cocodrilo se zambulle, su **nariz** se cierra para que no entre el agua.

La fuerte mandíbula del cocodrilo y sus afilados **dientes** son perfectos para atrapar peces e incluso animales más grandes.

¡Los dientes de un cocodrilo son tan afilados que pueden cortar un **tronco** en dos!

Las duras **escamas** de su piel le protegen el dorso.

El cocodrilo camina por tierra con unas **patas gruesas** y cortas.

Las **patas palmeadas** hacen más fácil caminar sobre el barro.

Este astuto cocodrilo parece un tronco cubierto de hierbas. Pero cuidado, puede saltar con un simple golpe de cola.

# Insectos y arañas

En la selva tropical hay más insectos que cualquier otro tipo de animal. Un insecto tiene seis patas y un cuerpo con tres partes principales cubiertas de un caparazón resistente. Una araña tiene ocho patas, colmillos y puede tejer seda. Las arañas se alimentan sobre todo de insectos.

La **hormiga parasol** lleva un pedazo de hoja a su hormiguero para hacer comida.

Este brillante escarabajo se esconde entre las hojas de las plantas o entre las ramitas para escapar de sus enemigos.

Un **caparazón** duro protege como una armadura a la hormiga.

La **mariposa** se posa en una hoja para beber el dulce jugo de una flor.

La lengua de la mariposa es un largo **tubo**. Por él chupa el jugo.

La mayoría tiene alas de hermosos **diseños**.

La hormiga huele, prueba y toca lo que la rodea con sus **antenas**. La mayoría de los insectos tiene antenas.

¿sabías que...?

¡Hay una araña que come pájaros y es tan grande como un plato!

En el suelo

En el oscuro y húmedo suelo de la selva, una gran variedad de animales caza, juega y cuida a sus familias.

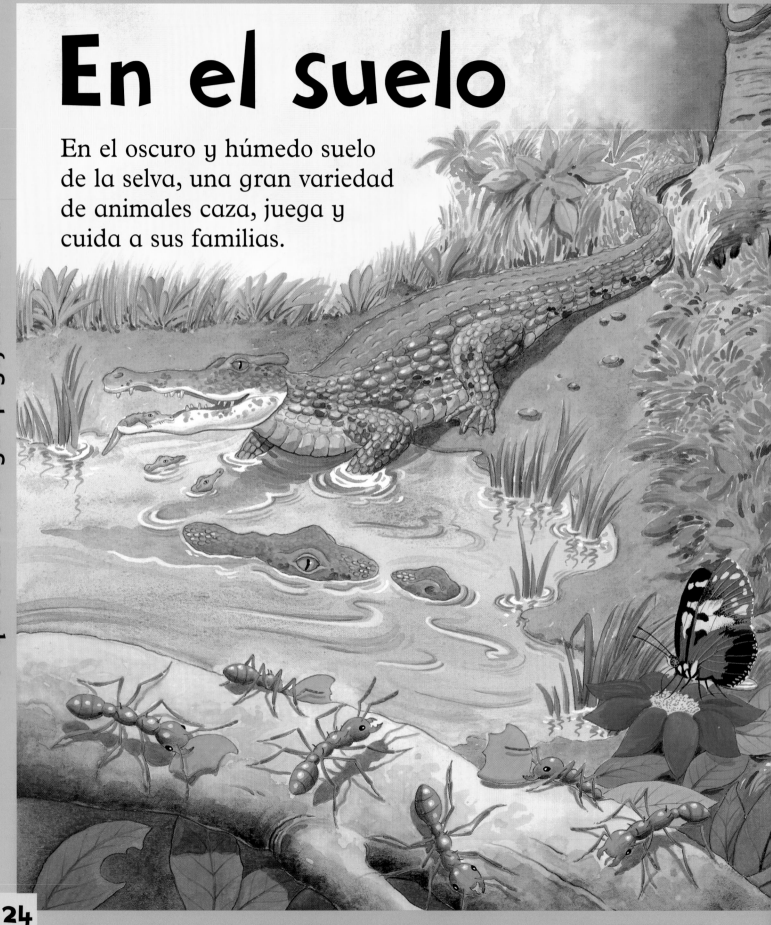

Palabras que ya sabes

He aquí algunas palabras que ya has visto
en este libro. Léelas en voz alta y luego
trata de encontrar las cosas en el dibujo.

patas palmeadas   piel
antenas   lengua bífida
cachorro   almohadillas

¿Cuántas hormigas se arrastran por el leño?

¿Qué bebe la mariposa roja y amarilla?

Mensaje a los árboles

Pif, paf, plaf, pif, paf, plaf. Una lluvia de bayas sobre su cabeza despierta de su dulce sueño a Rana. ¡Qué desorden! Hay bayas aplastadas por todos lados.

—¡Otra vez! —murmuró Rana mirando hacia la copa de los árboles. —Eh tú, allí arriba —gritó—. Ya no tires más bayas. ¡Por si no estás enterado, hay animales viviendo aquí abajo!

Cerca de allí, Cocodrilo retozaba bajo los cálidos rayos del sol. Pim, pam, pum, las nueces le caían sobre la nariz.

—¡Ay! —protestó Cocodrilo—. ¡Eso duele! ¡Eh, ya no tires más nueces! ¡Si sigues te tragaré entero!

De pronto, entre los arbustos cerca del río, despertó Jaguar con un estornudo: —¡Atchis! Una hermosa pluma roja atrapada en sus bigotes le cosquilleaba la nariz.

—¿Y esta pluma, de dónde sale? —se preguntó Jaguar—. Debe haberse caído de los árboles.

Jaguar escuchó las ruidosas quejas de Rana y Cocodrilo.

—Me despertaron de nuevo —croó Rana—. Estoy cubierto de bayas pegajosas. Parezco mermelada de zarzamoras.

—Otra tanda de nueces me cayó en la nariz —agregó Cocodrilo—. No sé de dónde salen.

—Disculpen —interrumpió Jaguar, saliendo sorpresivamente de entre los arbustos—. Creo que sé quién es el responsable.

—¿Quién? —preguntaron Rana y Cocodrilo.

—El mismo animal que dejó caer esto —dijo Jaguar mostrando la pluma.

—Si encontramos a quién pertenece esta pluma, le podremos pedir que no tire más comida —dijo Rana.

—Debemos enviar un mensaje a la copa de los árboles —agregó Cocodrilo.

Rana y Cocodrilo escribieron una amable carta pidiendo al dueño de la pluma que no tirara más restos de comida.

Jaguar tomó la carta y la pluma, y comenzó a trepar. A mitad de camino, se encontró con Perezoso roncando.

Al dueño de la pluma
Por favor deje de tirar su comida. Está molestando a los animales que viven debajo de los árboles.
Muchas gracias,
Rana y Cocodrilo

—Despierta ya, dormilón —susurró Jaguar—. Tengo que mostrarte algo.

Perezoso abrió la carta y la leyó.

—La pluma no es mía —dijo bostezando—. Tengo pelo áspero y nunca como bayas. Sólo hojas. Pero sé quién puede ser. Arriba hay un pequeño murciélago que siempre está comiendo frutas.

—No puedo subir tan alto —explicó Jaguar—. ¿Podrías llevarle esta carta?

—Por supuesto —suspiró Perezoso—, hoy no me he movido ni un centímetro.

27

Por la mañana, Perezoso despertó frente a un haz de colores y un graznido.

—Esa pluma es mía. Se me cayó hace unos días.

—Ahhhh —dijo Perezoso parpadeando ante las brillantes plumas rojas de la cola de Guacamayo—. Pues, a ti te andamos buscando.

Guacamayo tomó la carta entre sus garras y la leyó en silencio.

—No sabía que hubiera animales viviendo allá abajo —graznó Guacamayo—. Es muy húmedo y oscuro el suelo de la selva. En cuanto al desorden, lo siento muchísimo. Siempre ando abriendo nueces para comer lo de adentro.

Perezoso comenzó a subir lentamente. Cuando llegó donde estaba Murciélago y le dio la carta, ya era de noche.

—Esta pluma no es mía —chilló Murciélago sacudiendo su cuerpo peludo y añadió—. Sé que me parezco un poco a un pájaro, pero no lo soy. Ya me gustaría tener plumas hermosas como las de un pájaro.

Y se alejó en busca de su desayuno.

Perezoso estaba extenuado de tanto trepar. Y se quedó dormido allí mismo.

—¿Te gustaría que ellos vinieran aquí y te tiraran su comida? —preguntó Perezoso—. ¿Te imaginas a Cocodrilo llegándose por aquí con su poderosa cola y sus afilados dientes?

—¡Por supuesto que no! —graznó Guacamayo temblando de miedo—. Dile a Rana y a Cocodrilo que de ahora en adelante me fijaré dónde dejo caer los restos de mi comida.

Perezoso bajó al suelo lentamente. Rana, Cocodrilo y Jaguar lo estaban esperando.

—¿Encontraste al animal que dejó caer la pluma? —preguntó Jaguar.

—Ya lo creo que sí —contestó con orgullo Perezoso. Era el colorido Guacamayo. Estaba muy arrepentido por haber dejado caer las bayas y las nueces. No sabía que alguien vivía aquí abajo.

—Espero que ya no tire su comida sobre nosotros —croó Rana.

—Ya lo creo —sonrió Perezoso—. Sólo tuve que decirle: "¿Te imaginas a Cocodrilo llegándose hasta aquí con su poderosa cola y sus afilados dientes?". Enseguida prometió ser más cuidadoso.

—Bien hecho, Perezoso —aplaudió Rana.

—Pero —dijo Cocodrilo—, ¡yo no puedo subir a los árboles!

—Eso no se lo dije —aclaró Perezoso con un guiño—. ¡Será nuestro secreto!

Acertijos

¡Sígueme!

¿Sabes dónde viven el guacamayo, el cocodrilo y el jaguar en la selva tropical? ¡Sigue las líneas y lo descubrirás!

guacamayo   cocodrilo   jaguar

el
suelo

los
árboles

el río

¡Con la lupa!

Hemos agrandado partes del cuerpo de algunos animales. ¿De qué animales se trata?

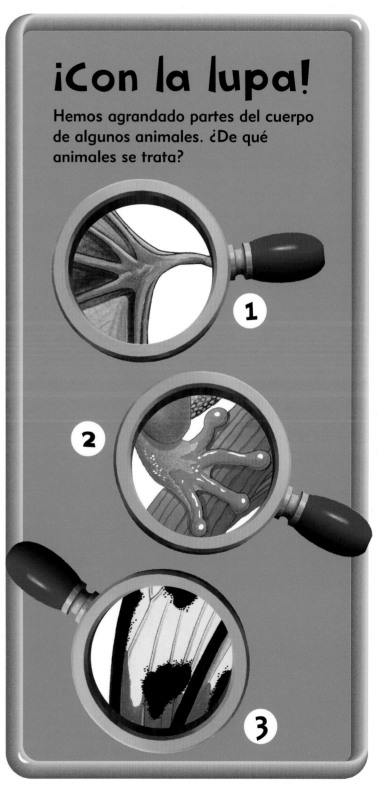

Respuestas: 1 murciélago, 2 rana, 3 mariposa.

¿Cierto o falso?

¿Puedes decir cuáles de estos animales dicen la verdad? Puedes ver si acertaste en las páginas indicadas.

1 Una cría de serpiente hace un agujero en el cascarón con un diente especial para salir del huevo.
Ve a la página 19

2 La araña que come pájaros puede ser tan grande como una mesa.
Ve a la página 23

3 Una mamá cocodrilo lleva a su cría en la boca.
Ve a la página 20

4 El mono aullador nunca hace ruido.
Ve a la página 4

Respuestas: 1 cierto, 2 falso, 3 cierto, 4 falso.

Índice